句集

仮寓

菅敦

書肆アルス

序

中原道夫

私ごとだが、三十年以上前、第一句集を出すとき、劈頭の句でエラク迷ったように記憶する。「白魚」の句があるではないかと言われそうだが、あれは結果的にそうなっただけのこと。朧気ながらというか、能村登四郎主宰に褒められた句を出来れば（勝手に出世作にと思っていた）最初に持って来たいという願いはあった。編年体でいくと、トップバッターがあまりにも力不足、ということになって、時系列でいえば後の発表のものでも、順番を入れ替えたほうが良いという先輩諸氏からの助言もあり、そうなった経緯がある。しかし、そんな〝小技〟など見る人が見れば、直ちに看破されるのは当然のこと。一冊になれば劈頭の句がどうであれ、俯瞰すれば上質かどうかはすぐ判る。要は並べたいように並べる。これが持論である。

避ける方避ける方へと獅子頭

正直、意外な劈頭の句であった。恐らく作者としては考え抜いた末の一句。気合が感じられる。句稿を見るまでは〝初産〟を待ち構えている父親のような気分。そうか、目出度い新年の句を最初に持って来たか。新春を寿ぐ獅子舞。最近では革まったお祝いの会などでしかみられなくなったが縁起物。絶してはならない日本の文化である。東北の「なまはげ」なども、この句に似たようなところがあって、泣き叫びながら逃げ惑う子をなまはげ役が執拗に追うシーンを思い出させる。怖がる子供が不在では、これまた座が盛り上がらない。目出度さは泣き声の中にありという感じ。俳句を始めて何年かすると、景が立ち上がるよう「モノ」に収斂することを体に叩き込むことになる。獅子舞といわずに「獅子頭」（しかし、金魚の阿蘭陀獅子頭だと思えないこともないのだ、この句）を〝モノ化〟して切り取り、情報である〝動作〟を極力省く。避ける方の子供の姿がよく見えてくるように仕立てた。タテ句ではないが、品格はなきにしもあらず。目出度さも〝中位〟から、この句集は始まる。二句目に〈初泣の突つ支ひ棒の外れけり〉と追われた子供の次の場面が偶然？　用意されていて、これで対となるのだろう。連句ではないから付き過ぎなどとは言わない。いい滑り出しである。

はきものをぬいでおあがりふきのたう
なすづけにめのなきをとこはよださな

二句とも喋り言葉がそのまま句になった例だが、有名な子規の〈毎年よ彼岸の入りに寒いのは〉や、近年では飯島晴子の〈葛の花来るなと言つたではないか〉など、然ほど珍しいことではない。むしろ口語化、ライトバース化の進む現代では、表記のあり方もその内容も考慮していて面白い。

一句目。身内というより、近所のおばさんに促されての幼な子の一寸とはにかんだ姿に、こころが和む。句の上から履物を脱ぐ子は間違いなく〝幼な子〟であろう。その〝幼な子〟と〝ふきのとう〟が出会ったときの表記として総て平仮名というのは、先ほども言ったように良い判断である。それなら「茄子漬」の句はどうか。茄子漬が大好物である私の掩護射撃をしてくれているかのような句。これだって何気ない言葉を拾っての句だが、その人の気配りが窺えて、食べたい人、それを催促する人、そしてもてなす人の人間関係が見えてきて、肩の凝らない、打ちとけた面白さがある。しかし、そんなおせっかいを言ったところで、こだわりの主は「余り早く出すとせっかくの茄子の色が変わってしまうから」とやんわり返事が返って来そう。作者はこういった何気ない人間の所作、こころの機微というものに、普段からアンテナを張っているのだ。それは俳句を始めてからのことなのか？　それともアプリオリ（生得的なもの）なのか。先ほどの〝ふきのとう〟の句と合わせ読んでも、よく気の付く性質と思われる。目がゆき届くという資質は俳句をやるに打って付け、これ以上のものはない。母上が俳句をやっていたということも、俳句をやる環境としては良かった。言葉を紡ぐ以前に、自己をとりまく事象への潜在的な興味が、俳句に駆り立てることになったと思われる。

俳句を始めたばかりの頃は、誰もがこんな十七文字の〝小器〟にこれほどの内容が盛り込めるとは思っていない。それにも増して、言いたいことが小さなスペースの中で、互いに格闘すらできない焦れったさを味わう。私も初学の頃、その息苦しさに喘いでいたことを、白状しておこう。喩えが妙だが、水泳の息継ぎが上手く出来ない、プールに入ってみたものの、という感じに近い。初歩の状態を脱出するには、少々水を呑んでも、息継ぎをマスターすること。それさえ克服すれば、速さは兎も角、距離を伸ばすことは簡単である。ことばの〝息継ぎ〟さえ出来れば、いろいろな俳句を渉猟してプールの比ではないこんなにも広大な沃野があることを知る。正に目から鱗、易々と嵌ってしまう俳句の面白さがここにある。この作者、菅 敦もその一人。いまや重篤患者であることは間違いない、句集を編むというのだから。俳句に手を染める前だったら、人生こんな筈じゃなかったと思うこともないし、マジに振り向いたりすることはないのだろうか。このことは多分にこの作者くらいの年齢のとき、私自身に問いかけていた言葉そのものである。

風に干す鮎の歯列の鋭かりけり
涼み舟左舷がらがらではないか
あめんぼに水の窪みの蹤いてゆく
吹くたびに重くなりゆく風車
薔薇一輪グラスの縁に触るる棘

〝発見〟に支えられている句群である。決して瑣末なことを躍起になって探し出そうとしている訳ではなく、俳句的視点、焦点《ピント》合わせ、捉え方（切り取り）が多様だということだ。こんなこと詠ったら――という自己規制を掛けることもせずブレないことも優れた資質であるし、実に鷹揚である。一句目の鮎の句。鮎の歯は櫛状歯と呼ばれ、岩の藻を削ぎ落とすように食べるに都合よく出来ている。その小さな鋭い歯並びに注目したという訳だ。鮎は塩焼を筆頭に魚田、甘露煮などいろいろな食べ方があるが、一晩くらい軽く風に当てた〝風干し〟は美味、私も好むところだ。大抵、魚の句などは食べながらの発見が多いが、これは工程途上での発見。生から割かれ、じりじり乾いていく歯ぎしりする姿が見えるようだ。単なる〝発見〟も他者の追随を許さず、切歯扼腕させるようなものでなくてはいけない。「涼み舟」の句は平素の生業、会社員生活の中での〝エンタメ企画〟なのだろう。座席も乗った順、自由だと気の合う仲間がどちらかに片寄るという現象、実に「ある、ある」感に充ちている。船頭さんの立場になれば重心が偏っては困る訳で、それを幹事が逸早く察知して〝がなる〟。その姿が滑稽なのだが、彼はシャイであるから、そんな〝片寄り〟を思っても、口中で呟いていて声に出さず、という読み（も出来る）。「涼み舟」の句といえば夕景の叙述、光、風、料理などに終始するのが殆どだが、この作者は凡百の納涼コースはとっくに卒業している。この句が嘱目かどうかは全く関係ない。一句として成立するまでに（仮に机上だとしても）過去の経験、記憶から手繰り寄せていることは確かであるからだ。句会に沢山出ておれば、その守備範囲は否が応でも増大し、先輩諸氏の領域も自己のものとして肉化、そして方向性を慥かなものにしていったようだ。

うぐひすのこゑ水引は結び切り
厠なら上がつて左まつり笛
冬の梅雑巾しぼるとき逆手
ピクルスの蓋拗ねてゐる猫の恋
大学に上げてやりたし鮪追ふ

私は能村登四郎門で、初学の頃から一元句、大きな「切れ」をあまり用いず、叙述する型がどことなく身に沁みついている。秋櫻子の兄弟弟子でも、兎に角俳句は「切れ」だ、だからひとまず「切れ」という藤田湘子とはまるで正反対。「切れ」て「繋がる」という「切れ」の効能を信じない訳ではないのだが、習い性のようなモノで、先程言った、水の中の〝息継ぎ〟で、ブレス（休止）を入れないやり方で来てしまったことが大きい。しかし、この作者は私に染まることなく、省略の妙技を叩き込み、何とも〝切れ味〟の良い句を掌中にしている。懇切にパラフレーズすることもないが、一句目の「うぐひす」の句。

「うぐひすのこゑ／水引は結び切り」は、「／」を境に二つの部分から成るが、鶯の鳴き声を聞いためでたさと、「水引」（お祝いの熨斗袋）は一応無関係の立場を取る。しかし、熨斗袋の「結び切り」は祝い事では〝一度きり〟という決まりごとがあるのはご存じの通り。つまり鶯は鳴いたけれど、一度きりだったと洒落ているのだ。実に巧妙な手口、天晴。

二句目の「まつり笛」の句。これはそこまでアクロバティックでない。余談だが、まつり笛の句が句会で出ると、「沖」門の私は大先輩、鈴木鷹夫の〈帯巻くとからだ廻しぬ祭笛〉（『渚通り』）の例句を挙げる。なんだか「祭笛」の封じ手のような句で、後発は分が悪い。しかし、ここで菅敦、やってくれるではないか。否、やってくれたのである。祭りであるから、あちこちで飲まされ、厠を借りに来た若い衆に、半ば突慳貪に、トイレなら「上がって左」という〝省略〟も見事リアル。その店の常連かどうかは判らないが、当事者達もこの半酔い加減で祭の佳境を迎えるという処が実に小気味良いのだ。そして鷹夫句がもし正統だとすると、掲句はまつりの俗っぽさを引き受けているではないか。また最後尾の句などは「大学に上げてやりたし」までで、誰もがそのくらいの年齢の子を持つ〝親〟の気持を思う。しかし下五の「鮪追ふ」で一変、単なる〝親〟から（大間とは言わないが）鮪漁師に変身、ドンデン返しを食う。このように多種多様な〝省略〟を武器に、〝飛躍〟を試みる菅 敦という人間。最初はちょっと取っ付きにくそうな印象があるが、これは内気《シャイ》の裏返し。打ち解けて来れば、見事剽軽、派手なリバーシブルを使い分ける。
　最後になったが、初出のときよりずっと気になっていた句を引いて、序の締めとしよう。

　　ハルノクレ耶揚子ノ碑ハドコデスカ

まず片仮名表記で、たどたどしい外国人の問いかけだと判る。上五

〝ハルノクレ〟は会話に含まれない、とするならば、〈春の暮耶揚子ノ碑ハドコデスカ〉でも良い訳だ。その是非はここでは措くとして、耶揚子ヤン・ヨース＝ヤン・ヨーステン Jan Joosten（一五五七頃―一六二三）はオランダの貿易商。ウィリアム・アダムス（日本名、三浦按針）と共に慶長五年（一六〇〇）大分県豊後に漂着。当時、徳川家康に厚く待遇され、江戸に居住（今の中央区で、八重州河岸の名は彼のヤン・ヨースにちなむといわれる）。そののち、朱印船貿易で活躍するも、東シナ海で船が難破、溺死と伝わっている。その耶揚子の碑が東京駅八重州地下街から、地上の日本橋三丁目交差点に出た、中央分離帯にあるそうな。その碑をカタコトで尋ねて来た外国人は単なる歴史マニア？　まさか、彼の母国からのヨーステンの末裔とも思えない。第一こういう句は、実際にその周辺にいて尋ねられたという体験がないと、机上では成し難い。その出発点が縦《よし》んば「耶」もしくは「揚」の字の詠み込み、題詠だとしても、これは相当マニアック。ここでペンディングにしておいた上五の「ハルノクレ」だが、その所在地を尋ねて来た外国人が、東京に来て、半可通ぶって俳句風に「ハルノクレ」と詠嘆したとすれば、四の五の言っても始まらないか、と思った次第。偶には不可思議のまま残しておこうかということに。「序」を書きながら、その不可思議を追体験すべく、ヤン・ヨーステン碑を尋ねてみようかという気になって来た。既にコロナ禍どっぷりの中、季節も巡り、〝春の暮〟とはゆかないが、そんな日は来年に回すとして何とも面白いではないか。

一人の人間が俳句と出会い、寝食と妻だけは忘れず、現を抜かし、のめり込んだ末に出来たこの句集が、俳人としての単なる『仮寓』であってはならない。更なる先を目指していただきたいと思う。決して〝定住〟を嗾しているのではないことを付け加えておこう。

コロナ禍の重圧を弾ね返すべく二〇二〇年五月

中原道夫

句集
仮寓《かぐう》

菅　敦

序　中原道夫

借景

避ける方避ける方へと獅子頭

初泣の突つ支ひ棒の外れけり

一族の背筋の丸き雑煮かな

正月を橋の袂に待たせをり

来し初荷出でし初荷の跡に置き

松過のもやし尽しの夕餉など

置竿に春の中りのありにけり

はきものをぬいでおあがりふきのたう

梅が香のどつと降り来る麓かな

はぐれたるふたりも梅に落ち合へり

雛祭早仕舞ひせる船具店

ままごとのけふは祝言落椿

弁当は満点なれど大試験

鉛筆の転がる先へ入学す

真実は見えぬものなり豆の飯

行く末はおのづと決す夏の風

風に干す鮎の歯列の鋭かりけり

からからに乾きし蟻と蟻地獄

指先に伝ふ執着かたつむり

座布団の飛び交ふ如く鱏交む

ねござ発たたみ経由の寝相かな

涼み舟左舷がらがらではないか

枝豆の山えだまめの莢の山

鶏頭の十四五分の一たふる

線香を絶やさぬことも夜業かな

黒塀を黒く塗りたる夜夜の月

破れ蓮取り繕ふを大愚とふ

疑問符に皮剝き了へて柿吊す

今年また生きてゐること落葉焚

切通いそぐともなく小六月

借景をかへしそびれて冬に入る

絵屏風の采女に惚れてさりがたし

手土産に日保ちせぬもの雪女

水仙を見事に活けて逝きにけり

体力の続く限りは氷柱なり

寒鯉になりきれぬ鯉錦着て

傷跡

うぐひすのこゑ水引は結び切り
ほろほろと帰雁の空に酔ひゐたり

淡々と進む懐石春の雪

客殿の緑青の額桜東風

春泥に他山の石が置いてあり

遅霜の坂をおはやうございます

口々に化粧の乗りを朝ざくら

花いかだ蔵の渡船に直付けす

旧友の地ごゑ野太し初がつを

更衣喉《のみど》に刺さる魚の骨

厠なら上がつて左まつり笛

舳先から艫へ跳躍つばめうを

軽鳧の子の流されてゐる遊びかな

端居して柱の角のつかひやう

横道に逸れて瓜揉む話など

大仏の顔に傷跡あきつばめ

仏壇の脇に虫籠の良く似合ふ

台風の眼と鼻先の吹出物

枝豆は表の顔を見せて食ふ

明王の腕ナ六本蚊の名残

しをらしくつゆくさらしくふゆるなり

葉鶏頭小庭を敵に回したり

菊人形本丸に背を向けてゐる

稲刈の人米粒の大きさに

北塞ぎ福神漬を購ひぬ

目印の綿虫ゐなくなりにけり

冬すみれほどの存在とも言はれ

水仙を胸に一駅だけ眠る

逆手

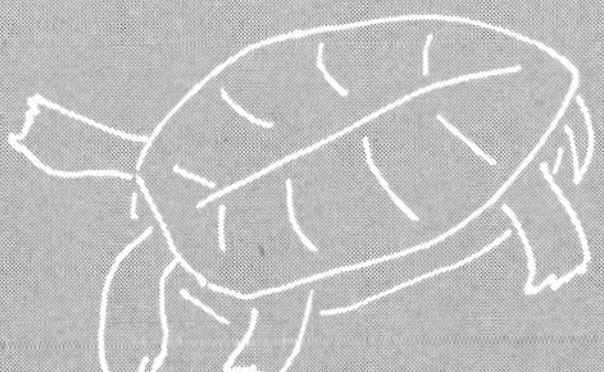

松囲む梅の明るさ競ひけり

三角地なれど一等梅真白

採点の甘くなりたる初音かな

すかすかの時刻表なり初音なり

二股を掛けて田楽さされをり

品書きの隅ちよこなんと蜆汁

雛の家息が詰まるといふべきか

轟音と機影に塗れ耕しぬ

つばくろや軒には軒の都合あり

刀銛の見事に揃ふ目刺かな

花街も隅の隅なる燕の巣

永き日の河岸が跳ねたる男かな

三椏の花三叉に根を分かつ

三美人さくらふぶきのごとくなり

どの田にもいい按配の余苗

あめんぼに水の窪みの蹤いてゆく

蝸牛殻を捨てさへすれば駆く

吸ふ花の蜜うすまりぬ梅雨の蝶

お望みとあらば夏帽からも鳩

水虫の完治星雲より遠し

踏切の音にずれある残暑かな

騙されてみよ万願寺たうがらし

ひややかににんげんくさき御堂かな

秋風やさらりと躱す京のひと

秋風や犬の嗅ぎをる犬の尻

浮島のもみぢへ耳目渡すのみ

耐へ忍ぶ姿なりけり柿の蔕

しんがりの尻を叩きて牧閉す

赤錆は鉄の紅葉だとおもふ
さくら鍋女ふたりは白き飯

湯豆腐の遠慮一塊残りたる

鉄骨のすくすく育つ冬青空

彼の菊が外様のやうに枯れてゐる

冬の梅雑巾しぼるとき逆手

仮寓

初夢の着地の確と決まりたる

鬼門より夜が来にけり木の芽時

一度しか死ねぬ不幸を西行忌

春雷はびつくり水をさすやうに

春の日の日陰の石に触れにけり

鳶の者屋根に働く花の寺

ざらざらの塀ざらざらの春日差

麗らかな余生青函連絡船

竪琴の髪梳きに似て春の星

蝶生る一滴の血も流さずに

大水青《おほみづあを》死に逝く刻を透き通る

日時計の刻一刻と灼けてをり

打水や箱口令を敷くごとし

足許を疎かにして夏の月

新涼の孔雀の羽を飾りけり

陋屋の約《つづま》やかなる芭蕉かな

空を広げて流星を待つてゐる

夾岸を抉り取られし芒かな

秋の噴水もう一花を咲かせたき

梨売は道を教へてゐるばかり

初さんま腹の一物より食ふか

月光や酒になれざるみづのこと

秋海棠垣下《ゑんが》の舞を覗きたる

秋の蝶記帳を辞して去りにけり

石蕗の花仮寓といへど根を下ろし

金屏の金のむらくもづくしかな

枯木から出直すことを選ぶとは
悴める手を逆光に翳しをり

寒釣の禅問答となりにけり

訛声のいよよなまはげらしくなる

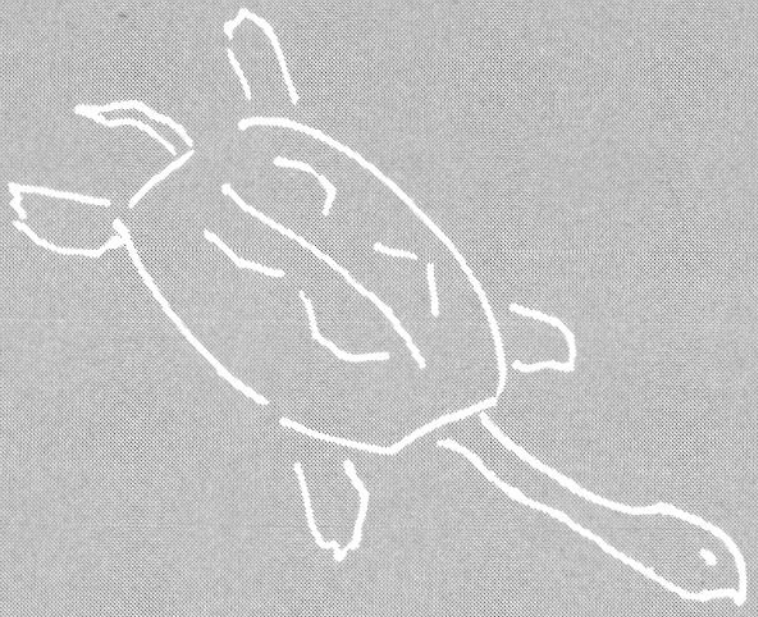

贋作

数の子にマイナンバーが付いてをり

御返しに嚙んでやりたき獅子頭

ピクルスの蓋拗ねてゐる猫の恋

なんとなく足早バレンタインの日

春の闇或いはシェリー樽仕込み

囀のシャワーを纏ふバスタオル

紙ふうせん木に囲まれてゐる暮らし

組立ての簡単な家具フリージア

春の虹たとへ贋作だとしても

こめかみに指の銃口万愚節

ハルノクレ耶楊子ノ碑ハドコデスカ

薄暑光サーブ打つとき天を指し

ほうたるのすべて再生エネルギー

南風吹く化石の混じる大理石

紫陽花の写り込みたるシトロエン

ががんぼと壁のアルプス一万尺

孑孒に踊り子の血の流れけり

緑蔭にドレッシングの分離せる

あぢさゐの雨をしづかに肺呼吸

蓮池や水面の紅のささにごり

蓮の葉の揺れて水玉ルーレット

物言はぬナウマン象の涼しさよ

真夜中のひまはりのそれぞれの顔

ウインカー出さずに曲がる金魚かな

レジ横に金魚の与太る理髪店

白靴を滑り込ませてエレベーター
茉莉花の香をパレットに溶いてをり

パーティーにぽつんと秋の来てゐたり

家々の屋根の傾き星月夜

見る影もなき晩秋の無くし物
をととひの林檎一年後のわたし

かう見えて西洋松露あるといふ

またの名を岡本太郎とふ柘榴

暗黙の境界線を引くマスク

冬の霧いつしかチェスの盤上に

紙ひかうき寒林縫うて行きにけり

しばらくは放つておいてくれ冬田

いつもより早く歩けば冬景色

血液をさらさらにして梅探る

軒氷柱デッド・ヒートを演じをり

対岸

逆立ちの妻に御慶を申しけり

乗初にして乗継ぎの奇跡的

卒業の朝卒業の顔洗ふ

耕しの後はサードを守りけり

雪柳実《げ》に重たげなランドセル

春眠の記録の残るノートなり

大きなお尻小さなおしり潮干狩

引率の教師ぞくぞく磯巾着

うららかにパソコン眠る日なりけり

若芝へ転がすボールにも名前

対岸は写生の子等の夏帽子

青嵐随意《まにま》にビラを配りけり

夏の蝶らせんの塔をのぼりゆく

しろじろと明けてキャンプの最終日

夜濯は雑魚寝の足を踏まぬやう

水飲んで泳げるやうになりにけり

虹立ちぬ投手交代告ぐる声

年頃や相手の色に日焼して

トマト捥ぐ次にバジルの葉を二枚

鰡飛んで水族館の休館日

青柿のしあはせさうに落ちてゐる

朝顔の実に部屋割りのありにけり

目深なる冬帽ベンチウォーマー

カタカナは魔法のことば風邪薬

大学に上げてやりたし鮪追ふ

衣・食・銃しばし忘れて浮寝鳥

等分と見せて随分聖菓切る

泣いて泣いて泣いて兎をあきらめず

砂粒

春月や主は登り窯の先

お迎へはもう少し先亀の鳴く

飛花落花老舗はビルとなりゆけり

吹くたびに重くなりゆく風車

青楓軒のしづくを避けもせず

山蟹の箒目の庭過りけり

砂粒に亡骸混じる海開

花嫁は真夏の日差より眩し

旅人の木へ手を広げ日の盛

風鈴にあるまじき音立てにけり

なすづけにめのなきをとこはよだきな

炎天の納骨の墓みな覗く

野放図の果ての制圧のうぜんくわ

絵一枚いちまい毎に汗の引く

地下牢に幽閉したき大花野

甌穴を水沫《みなわ》紅葉の削りたる

浦回なる色変へぬ松縫うて崖

ゆふづつを視力検査のごとく冬

岩肌を冬まざまざと根のうねり

石庭のしぐれてくれば京に似る

浦々を連ぬる橋や今朝の冬

工房を咳きながら案内せり

襟巻も取らず直立不動なり

梟を決して怒らせてはならぬ

冬の滝逆縁許し難くあり

背中

かたくりの花の斜へを谷の風

うすごほり時折り風の滑走路

野を焼けば野火の七面倒臭し

跳ね返る音の忽ち春の水

鳥ぐもり今夜泊まつて行けと父

真つ直ぐに伸びたくはある土筆かな

半仙戯八の字軌道加へもす

閉館の決を採る日の巣箱かな

春夕べ家から近くとも家出

父からの不在着信青葉騒

薔薇一輪グラスの縁に触るる棘

亀の子の眩しかりけり金盥

沢蟹や古刹の庭を雨小降り

太陽に黒点しかとパナマ帽

背景の滝しづかなり吾と父

毛虫とは尤も分かり易き虫

手の平の上に乗せたる青田かな

水を飲むことから始め冷し瓜

日日草リュックサックの中は空

歓喜まだ九回裏があり炎暑

焼酎の濃さの一杯づつ違ふ

ナイターを消しては点けてをりにけり

海凪ぐとむらさきかかる日の盛

夕焼のけふは誰かとゐる海辺

時計見つ腕時計見つ原爆忌

父に聞く引揚げのこと盆灯籠

線香の焦げある畳秋風鈴

大笊や枝豆の香は湯気のなか

秋蟬のいくらか芝居掛かりたる

楡の木は風を絶やさず水の秋

御守は白とむらさき萩日和

退院は家族の都合鰯雲

口数の少なき手紙草雲雀

街灯の冬木一本照らすのみ

雨男午後から雪になるといふ

据り鯛こんなに笑ふ人だとは

はつそらや光年先を行く背中

後記

子供の頃の僕について語る。小学校の頃、僕は同じクラスのS君が夏休みの自由研究に作ったマッチ棒のピラミッドを衝動的に壊してしまった。マッチ棒の先端を繋ぎ合わせて作られた、底辺が30㎝位ある立派なピラミッドだった。S君の親から僕の躾の徹底を求める電話があったこともあり、直接謝罪を行うため後日父に付き添われてS君の家を訪れた。両親とともに同席したS君は何も言わず大粒の涙を浮かべていた。息子の犯した過ちに対し平身低頭して詫びる父。しかし肝心の僕自身の反省の言葉は記憶の海の遥か向こうに閉され、まったく思い出すことが出来ない。もしかすると、その時僕は心の底から謝っていなかったのかも知れない。

大人になってからも僕は多くの人を傷つけてきた。その報いとして自分が傷つくこともあったが、すべては自分の撒いた種に過ぎなかった。

残念ながら、僕は自分の文脈でしか物事を考えることの出来ない自己中心的な人間だった。そんな僕に転機が訪れる。恩師中原主宰との出会いである。二〇〇八年春、テレビの俳句番組での主宰の和服姿と軽妙洒脱な語り口に惹かれ、この人の下で俳句をやってみたいと思った。そして四月、妻の同級生が経営するＢａｒでの主宰との再会。まさに僥倖と言うしかない。再会という表現は一方的なものだが、テレビと寸分違わない気さくな人柄に心が安らぐとともに、俳句という文芸の無限の可能性に胸の高鳴りを覚えた。五月、早速届いた結社の見本誌を携え、当時俳句を嗜んでいた母の手解きによって銚子へと赴き、句会に出句する四句を得た。七月、初めての句会。句会場は存外にも結婚式場であった。主宰の背後にはきらびやかな金屏風が飾られていた。初心者の句は当然主宰選には入らなかったが、互選で二句も採っていただいた。あなたの句だと分かって採ったのよ、と言ってくださった方もいた。いわゆる「や・けり」の句に対し、切れ字は一句に一つがいいわよと優しく助言してくださった方もいた。こうして僕はめでたく俳句と結ばれることができた。

あれから早や十二年。自分が句集を出すなどとは夢にも思わなかったが、人生の節目である五十歳を前に俳句への恩返しの意味を込めて第一句集を編むことにした。

石蕗の花仮寓といへど根を下ろし

句集名は掲句から得た。仮寓とは「仮住まいの居」の意、石蕗の花は今の僕のメタファーである。今回の句集上木によって、僕は俳句という仮寓に根を下ろすことが出来た。作句信条などと呼べるものではないが、僕は物事のあるがままを感じ取ることで「俳」という陽と「詩」という水を自分の肉体の隅々まで行き渡らせる。これが僕の俳句を生み出す原動力となる。そして〝意識を無意識に、無意識を意識に〟昇華させ、地中深く言葉の根を張っていきたい。俳句が僕の永住の地たらんことを信じて。

最後に、入集句の選句に加え、斯くも懇篤な序文をいただいた中原主宰に深く感謝するとともに、僕を俳句の道へ誘ってくれた母、僕の精神的な支えとなっている父、装釘と制作を快く引き受けてくれた妻、出版に際し丁寧にご助言をいただいた書肆アルスの山口様（打合せの帰りがけにお借りしたあの黄色い靴べらの何と可愛らしかったこと）、結社の諸先輩方とかけがえの無い仲間たち。この場を借りて心から感謝したい。

時は満ちた。そろそろこの拙い句集を世に送り出さねばならない。当時のＳ君の気持ちが痛いほどわかる今、僕の大切な『仮寓』が跡形もなく崩れ去る悪夢に苛まれつつ…。

忌わしき過去を振っ切る二〇二〇年五月

菅　敦

略歴

菅　敦（かん　あつし）

一九七一年　千葉県千葉市に生まれる
二〇〇八年　作句を始める　「銀化」入会、中原道夫に師事
二〇一二年「銀化」新人賞受賞
二〇一七年「銀化」副編集長

現　在　「銀化」同人　俳人協会会員

現住所　〒二六一―〇〇〇四
　千葉県千葉市美浜区高洲三―十―四―一一〇三

句集

仮寓《かぐう》

発行日　二〇二〇年八月二十二日
著者　菅　敦
発行者　山口亜希子
発行所　株式会社書肆アルス
〒一六五−〇〇二四　東京都中野区松が丘一−二七−五−三〇一
電話　〇三(六六五九)八八五二　FAX　〇三(六六五九)八八五三
装釘/写真　スガアキコ
印刷/製本　株式会社厚徳社
ISBN 978-4-907078-34-8　C0092